푸른사상
시선

61

마당 깊은 꽃집

이 주 희 시집

푸른사상
PRUNSASANG

푸른사상 시선 61

마당 깊은 꽃집

인쇄 · 2016년 1월 10일 | 발행 · 2016년 1월 15일

지은이 · 이주희
펴낸이 · 한봉숙
펴낸곳 · 푸른사상
주간 · 맹문재 | 편집 · 지순이 | 교정 · 김수란

등록 · 1999년 7월 8일 제2-2876호
주소 · 서울시 중구 충무로 29(초동) 아시아미디어타워 502호
대표전화 · 02) 2268-8706(7) | 팩시밀리 · 02) 2268-8708
이메일 · prun21c@hanmail.net / prunsasang@naver.com
홈페이지 · http://www.prun21c.com

ISBN 979-11-308-0602-0 04810
ISBN 978-89-5640-765-4 04810 (세트)

값 8,000원

마당 깊은 꽃집

연기가 없다면
집과 나무들과 호수가 적막할 것이라는
베르톨트 브레히트의 시를 생각한다,

발이 어머니인 대지에 닿아 있는 동안에는
무적의 막강한 힘을 쓸 수 있다는,
포세이돈과 가이아의 아들인
거인 안타이오스(Antaeus)를 새긴다.

2016년 정월
이주희

| 차례 |

■ 시인의 말

제1부 떨잠

제2부   필사한다 고로 나는 존재한다

제3부 엔딩 크레디트

제4부 여

제1부

떨잠

구슬지갑

화신백화점과 신신백화점 지나 탑골공원 거쳐 타박타박 걷다 보니 동대문시장이다 창경원 밤벚꽃놀이처럼 휘황한 포목전을 지나 난전을 두리번거리는데 싸구려 싸구려 외치는 리어카에서 구슬지갑이 아기별처럼 초롱초롱 빛난다 깜장 바탕에 자주색 모란꽃과 팔랑팔랑 날아다니는 나비가 손짓한다

시장이나 잔칫집 계모임 갈 때 돈을 넣고 돌돌 말아 동여맨 가제 손수건 들고 다니는 엄마 귀부인처럼 근사해지리라 노랑나비처럼 담장 밖 훨훨훨훨 날아 아버지 그늘을 벗어나 햇빛 밝은 거리도 지나 꽃놀이 단풍놀이 갈 수 있으려나 잘라먹을 때마다 새움이 돋는 움파처럼 구슬지갑에선 새로 돈이 무장무장 솟아나 우리들 등록금 걱정 도시락 반찬 걱정 접을 수 있겠지 평생 버스와 전차만 타고 다닌 엄마 가끔은 택시도 탈 수 있을 거야

셋째 딸이 건넨 어버이날 선물에 마른 치자 같은 엄마 얼굴이 오월 모란처럼 화사해질 기야

꽃대궐

양지 바른 산비탈에
단칸집 한 채 장만하고
신방을 꾸몄다

안노(雁奴) 삼아 배롱나무 한 그루 세워두었다
안심부름꾼으로 금잔화와 맨드라미도 데려왔다
두런두런 티격태격 안생(安生)을 누리며 해로하시라고
자귀나무를 심었다
동백 울타리도 만들었다

주소와 문패가 무슨 소용이냐며 아버지는 웃으셨다

돌아오다 보니
산 끝자락 하늘 가까운 곳에
울긋불긋 꽃대궐이 제법 멋들어지다

바나나

검은 목공단 같은 하늘의
아버지 단장(短杖) 손잡이처럼
허리 굽은 바나나

이 자식 저 자식이 드린 용돈 쌈지에 모셔두고
약줏값 담뱃값 아끼고 아껴
끼니 걱정되는 셋째 딸네 손주들
입맷거리로 한 아름 사 오시던 바나나

봄날 안마당의 산수유만큼 화사했던 아버지의
고랑지고 이랑진 얼굴에 돋아난 검버섯같이
거뭇거뭇해진 바나나

새벽달

안방에서는
밤새워 콜록콜록하는 소리가
스타카토로 반복되었다

열여섯에 시집와
아들딸 여덟 중 두 딸 가슴에 묻으며
고비 고비 지나온 고빗사위
예순아홉 아홉수에 넘을 가풀막보다는
가파르지도 험하지도 않았나 보다

동짓달 그믐의 스산한 바람은
문풍지를 울리고
마지막 남은 이파리마저 떨쳐냈다
희끄무레하게 동터오는 하늘엔
경기하다 지친 눈을 닮은
새벽달이 힘없이 웃고 있었다

밤새워 가르랑거리던 엄마가

마지막 고개를 넘는 듯

안간힘 쓰더니

우물 속같이 깊은 가슴에

고여 있던 가래를

하늘에 뱉어냈는가 보다

방금 시침질한 이불 홑청 같은 낯빛으로

쌔근쌔근 소리도 없이

웃으며 잠이 들었다

아버지의 고무신

햇살 다냥한 댓돌 위에서
앞뒤가 고르게 닳은 왼쪽 신발과
뒤축만 닳은 미농지처럼 얄팍해진 오른쪽 신발이
금실 좋은 부부처럼 시설거리고 있다

단장(短杖)과 짝을 이룬 하얀 고무신은
엘리베이터 사고로 한쪽 다리를 잃은
아버지의 사십 년 지기

따로 노는 물지게처럼 다리와 의족이 어그러져
무릎을 펴고 구부리기가 힘겨운 아버지는
양복 차림에도 고무신을 신는다
오른손의 단장이 앞장서 바닥을 짚으면
온몸을 실은 오른발 뒤축이 따라 딛고
꽃잎에 앉는 나비처럼 앞축이 살포시 놓인다
왼발도 뒤쫓아와 수평을 이룬다

단장 손잡이만큼이나 굽은 양어깨를 품은 채

바람 가득 싣고 해바라기를 하고 있는

댓돌 위 아버지의 고무신

감나무

아흔다섯 살 감나무가 태풍에 꺾였다

가지와 줄기 수습하여 다비하고
밑동만 남은 감나무는
아이들 목걸이 만들 꽃 피울 수 없다
소꿉장난하라며 도사리를 던져줄 수도
평상 위에 그늘을 만들 수도
까치 가족 둥지 틀 우듬지를 쾌척할 수도 없게 되었다

울타리 안 수문장 노릇으로 족하다며
비난수를 아끼지 않았지만

집이 헐리자
망백(望百)을 넘긴 감나무는 그루터기마저 뽑혀나갔다

노래자(老萊子)

북악산 기슭 사하촌에서는
북소리 장구 소리에 노랫가락이 흥겹다

대추나무집 마당 한가운데서
노래자가 뒤뚱뒤뚱 강종강종 곱사춤을 춘다

의족이 닿은 허벅지가 쓸릴까
휘청거리는 허리가 욱신거릴까
너울대는 사위춤으로 어깨가 결릴까
걱정이 태산만 한 자식들도 차마 말리지 못한다

지난해 동생 교통사고로 잃고
십여 년 전 아내 떠나보낸 형님의 팔순 잔칫날

정릉 계곡에 물놀이 한번 못 갔던 노래자는
창부타령에 신고산타령에 맞춰
뒤뚱뒤뚱 강종강종
말뚝이처럼 춤을 춰대는 것이다

아버지의 일기장

잎사귀 떨어진 담벼락
점점이 까맣다
한때 여름이다가 붉어진 담쟁이덩굴
벋어나간 발자국이다

올라가야 할 벽은
한 발짝 떼고 돌아보면 아득한 벼랑이었다

뜨거운 태양도 견디고
바람의 해찰도 안간힘으로 버텼다
선선히 부착근을 받아주지 않는 돌담은
빙벽보다 단단했지만
뿌리를 박았다

담벼락에 까만 잉크가 찍혀 있다

숫눈 위의 발자국처럼
한 줄기 바람에도 날릴 것 같다

설태고(舌苔膏)

단 것마저 만만치 않은가 보다
비 그친 후 뜬 해처럼 반짝이는 새 틀니와 불화해
술빵처럼 부풀어 오른 입안에
설태고를 바르자 엄마는 진저리를 친다

쓰리고 홧홧해 다물지도 못하는 엄마의 입안에
정화수 떠놓고 비는 마음으로
아버지는 또 발라준다

싸운 부부 화해시키듯
틀니와 입안을 다독거리는 설태고

입안이 다소곳해지는 만큼
틀니는 부쩍부쩍 힘이 세어질 것이다

오스카 피스토리우스

사백 미터 예선전이 열리는
런던 올림픽 스타디움

피스토리우스는
바오밥나무 가지 같은 팔을 휘두르며 달린다
폭풍 응원을 안고
두 의족을 재게 놀린다
치타처럼 달리려 주먹을 불끈 쥐어보지만
다른 주자들에게 한 발짝 한 발짝 뒤처지기 시작하는데

상고대를 인 설악산 주목 닮은 노인이
절름절름 다가가 배턴 터치를 하고 이어 달린다
월정리역의 철마와 똑같은 꿈을 품었나
달구지 주법으로 삐걱대며 달리고 달려
결승 라인을 밟는 순간
모든 선수들이 달려와 끌어안는다

준족 같던 청년 시절 단신 월남해

팔순을 바라보는 우리 아버지

치켜든 두 손을 승전 깃발처럼 흔든다

박쥐우산

안개 자욱한 밖을 두리번거리다

서둘러 챙겨도 챙겨도
짐은 가난한 집 빚처럼 늘어난다

출발하려는 버스를 허겁지겁 세우고
후다닥 내린 뒤
짐을 들고 걸어가려는데
우산이 없다

애년(艾年)을 넘기고도 엄벙덤벙하는 내게
백수를 바라보는 아버지가
주춧돌이 촉촉하면 우산을 펼치라*며

건넨 마지막 선물

* 손자병법 인생 13계 중 초윤장산(礎潤張傘) - 주춧돌이 젖어 있으면
  우산을 펼쳐라.

꽃방석

중학생인 나와 환갑인 아버지가 탄 전차엔
빈자리가 단 하나
서리꽃 핀 머리의 아버지와
만발한 벚꽃같이 새뜻한 교복을 입은 나는
앉아라
앉으세요
실랑이가 한창이다

거창하게 장유유서를 들먹이지 않아도
어른에게 자리를 양보하는 건
건널목에서 신호를 지키는 것만큼이나 당연한 일
그렇다고 어른의 말씀을 거스를 수도 없으니
엉거주춤 걸터앉을 수밖에

사람들 눈총에 나는
가시방석이지만
딸을 바라보는 아버지의 얼굴은
벚꽃 가득한 꽃방석

만년필

1

"글씨만 잘 써지네 뭐"
종알거리는 내게 대학생 오빠는 버럭 소리를 질렀다
만년필 촉을 다 망가트렸다는 지청구에
나는 야무지게 입을 다물어버렸다

2

"전무님 선물이다"
퇴근한 아버지는 수저도 들기 전에
앙증맞은 꾸러미를 건넸다

초록색 빠이롯트 만년필!

눈이 휘둥그레진 오빠는 냉큼 빼앗으려 들었지만
난생처음 받아보는 선물이 봄을 불러와
내게 심어진 나무엔 가지가 뻗고 연둣빛 새잎이 돋았다

뒷동산만큼 으쓱해진 나는

중학교 교과서에 이름 쓸 날을 기다렸다

3

"너 공부 못하면 알지?"

오빠는 잽을 날리듯 툭툭 나를 건드렸다

공작새의 외출

엄마는 결혼 오십 년 만에 신여성이 되었다
치렁치렁한 치마저고리 대신
꽃무늬 블라우스에 옥색 깡동치마로 갈아입고
쪽 찐 머리는 과감하게 잘라 파마를 한 것이다

새 입성이 자랑스러운지 운동 핑계 삼아
거리 구경 사람 구경을 나서고 싶어한다

거울을 보며 안색을 살피고
기우뚱기우뚱 돌아서며 뒤태도 확인한다
벗어진 줄도 모르는 고무신 한 짝 들고 쫓아온 청년에게 할
배꼽인사 연습이 어색하기 짝이 없다
고마워요 고마워요 되뇌어도
달싹거려지는 입에서는 토막말이 나올 뿐이다
문지방에 걸려 벗어진 신발 신겨주는 가게 주인에겐
인사치레로 박하사탕 한 봉지 팔아줘야 한다
그것으론 부족한 듯싶어

콩나물과 두부를 보태기 위한 돈도 챙긴다

막내딸 퇴근 시간에 맞춰
고등어 한 손 든 검은 비닐봉지 흔들며
한 발은 하얀 고무신 한 발은 양말 바람으로 돌아올 테지만

중풍으로 몸 오른쪽 왼쪽이 따로 노는 엄마는
날개 활짝 펼친 공작새를 생각하며
오늘도 화려한 외출을 꿈꾸는 것이다

백일홍

1

아버지는 말 잘 듣는 아이처럼
또박또박 엄마에게 출필고 반필면을 했다

엄마 날씨 따라
국화빵이나 군고구마를 깜짝 선물했다
잔병치레 심한 엄마가
밥을 삭이지 못해 부글거리면 소화제를 내밀고
입안이 헐어 홧홧해하면 설태고(舌苔膏)를 직접 발라주었다
출장을 갈 때도 약 챙겨드리라는 당부를 잊지 않았다
엄마 닮았다며 주홍색 백일홍을 아끼던 아버지
회사 야유회 날에는 딸기 바구니가 따라왔다

2

삼우제를 마친 엄마의 영정 사진이
안방 아랫목 벽 한가운데 자리 잡았다
아버지는 〈세한도〉의 '장무상망(長毋相忘)'을 새기며
밤새의 안녕과 하루 일정을 알렸고

잠자리에 들기 전엔 모범 사원처럼 일과를 복명했다

아버지의 출고와 반면에
엄마의 얼굴은 천둥 치고 비바람 부는 날에도
뜨락에 활짝 핀 백일홍

떡잠

은하수 건너가 이십 년 남짓 독수공방하던 엄마

다시 만난 아버지와

신접살림 재미가 마냥 쏠쏠해 보인다

이가 시원치 않다며 독차지하던 눌은밥 대신 받은

고깃국에 각색 전이 어우러진 생일상이

축하주까지 곁들여 제법 근사하다

평생 손끝에 물기 마를 날 없이

무색 깡동치마 흰 고무신 차림이던 엄마

일광단으로 지은 생일빔에 한껏 수수러진다

일산(日傘) 함께 받쳐 쓰고

향원정 앞뜰이라도 거니는지

당초문 수복문(壽福紋) 어우러진 스란치마와 숨바꼭질하는

옥색 비단신이 화사하다

남겨둔 여섯 자식네 소식이라도 전하는 걸까

살짝 구름이 드리웠다가

이따금 배꽃 같은 웃음이 팡팡 터지기도 한다

쪽 찌고 은비녀 꽂았던 머리에선

실바람이 불 때마다

나비잠(簪)이 할미꽃처럼 팔랑거린다

제2부

필사한다 고로 나는 존재한다

수인(手印)

2 대 1
9회 말 투아웃 만루에 투 쓰리

 투수 코치는 오른쪽 팔을 어깨 높이까지 들어 손바닥을 밖으로 향하며 다섯 손가락을 위로 쫙 펴 보였다
 두려워하지 마라
 왼쪽 팔은 아래로 늘어뜨리고 손바닥을 밖으로 하고 다섯 손가락을 펴서 밑으로 향했다
 네가 원하는 그대로 이루어질 것이니라
 투수는 빙그레 웃었다

 투수가 포수를 보았다
 포수도 크게 고개를 끄덕이며 환하게 웃어 보였다
 포수의 웃음은 내야수에게 또 외야수에게 나비물처럼 퍼져갔다

장님집

1

복덕방 영감에게 맛있는 음료수를 얻어 마시고 계약한 신
혼집은 버스 정류장 근처의 장님집이었다

두 칸 방은 작지 않았고 마당 한가운데의 장독대가 번듯했
으며 해당화가 핀 화단도 있었다

그래도 옮기는 병은 아니지 않느냐고 친정아버지도 남편
도 복덕방 영감에게 고맙다고 했다

나는 마뜩찮았지만 전대를 찬 식구가 없다는 사실을 잘 알
고 있었기 때문에 따라 웃었다

2

장님들은 종친회 사무실을 찾아오듯 연신 들락거렸다

어떤 날은 잔칫날처럼 와자했고 또 어떤 날은 콩 튀듯 팥
튀듯 삿대질을 해댔다

타닥거리는 지팡이 소리가 장구 소리처럼 들리기도 했다

부침개가 더없이 고소한 날도 있었다

그런 날마다 섭섭하지 않게 얻어먹으면서 나는 차츰차츰
장님집 식구가 되어갔다
삼신할머니에게 두 아이까지 선사받았다

도리깨침을 삼키다

탕수육이 달랑 한 개 뒤뚱거리며 다가오고
내 눈이 금화 같아지는 순간 윤슬처럼 사라진다
새우튀김은 망을 보듯 조심조심 걸어와
두 팔을 벌리니 저지레한 개구쟁이처럼 혀를 날름하며 도
망간다
송화다식은 깡충깡충 뛰어오더니
군침을 삼키는 사이 자취를 감춰버리고 만다
초콜릿 꼬막 물만두
짜잔 하며 나타나서는 약만 올리고 그대로 줄행랑이다
화수분처럼 줄지어 나오는 음식에
어식(御食)일까 마냥 황홀한데
침만 흘리게 만들곤 달아나 나를 감질나게 한다
하릴없이 뻗었다 불러들인 손만 바라보는데
물꽃 같은 안개를 가르며
봉래산 신령 닮은 노인을 태운 가라말이 달려온다
걸신이라는 저 노인 그럴싸한 냄새를 풍기는 거위 요리까
지 들고 있다
다가가 옷자락을 만지작거리다가 잡아당기다가

발을 세우다가 팔딱팔딱 뛰며 젖 먹던 힘을 써보지만

야속한 노인 고명 하나 안 남긴 채 고삐를 당겨 달음질친다

김치 국물 묻은 대궁밥이라도 아쉬워진 나는

도래샘에 고인 샘물 같은 도리깨침을 삼킨다

재스민

휴대폰의 자지러지는 울음에 나동그라진 내게
움직일 때마다 꼬리뼈는
성깔을 부리며 자발없이 삐걱거렸다

꺾인 줄기 끝의 꽃봉오리가
부러진 제비 다리처럼 안쓰러워
스카치테이프로 깁스해주었던 보랏빛 재스민 한 송이
다 나았다고 고개를 까딱한다
박씨 물고 온 제비처럼 재재거리며 눈웃음친다

오래 서 있거나 걸으면 다리에게까지 몽니 부리던
꼬리뼈도 수굿해진다

텔레비전 성(城)에서

나는 나무를 놓치고
줄기 끝에서 팔랑거리는 잎사귀마저 놓친다

산과 들의 꽃이 언제 피는지
아버지 손만큼 넉넉한지
열매가 달리는지 모른다

어린 나무가 용쓰는 소리
먹이를 나르는 물관의 아우성
매지구름에게 손짓하는 소리
꽃 피우려고 산들바람을 부르는 소리 듣지 못한다

열매를 매단 어미나무의 밤새 앓는 소리도
눈치채지 못한다

쥐구멍에 든 볕

숟가락질 설거지 냉장고 문 여닫기 얼마나 하고 싶었던가

빙판길에 미끄러져 깁스를 하는 바람에 왼손에게 신세를
질 수밖에 없었다

백수 생활을 청산하듯 깁스를 풀고 냉장고 문을 열었다

물 한 잔을 따랐고 봄바람도 한 그릇 받았다

쥐구멍에 든 볕이 알밤처럼 보였다

소리론

누구야 일어나, 앞으로 나와, 선생님이 나를 교단에 올려
세우자 개구리 운동장처럼 소란스럽던 교실은 살그머니 잦
아들었고 어머 그게 무슨 소리예요? 칠판에 큼지막하게 쓰
자 친구들은 일제히 화석이 되었다 선생님은 짝을 맞추듯 각
낱말 밑에 감탄사 주어 관형어 서술어를 쓰고 다시 영어 단
어를 쓰더니 소리에서 삿대질을 보태고 음 이탈까지 동원하
며 소리가 높아졌다 이건 보이스냐 아니면 사운드냐 아니면
노이즈냐

국어문법 시간에 웬 영어, 난생처음 무대에 오른 나는 칠
십여 명의 관객들 앞에서 주눅이 들었다 '르음의 첨가'가 아
리송해 내뱉은 한마디가 선생님 비위를 건드릴 줄이야, 말씀
이 아니고 소리라 했다며 소리는 하늘 같은 선생님에게는 팔
조법금에 준하는, 멍멍 짖는 개나 와글거리는 개구리에게나
쓰는 말이란다 음의 첨가로 시작한 나의 여고 첫 문법 시간
은 군사부일체의 선생님을 개나 개구리 취급을 했다는 소리
론으로 몽땅 채워졌다

꿀이 무전여행을 보내주다

엄마마저 외출하고 나른한 오후 마루 끝에서 조는데
뒤주 위 꿀단지가 생긋 웃는다

머뭇머뭇하다 새끼손가락으로 찍어 혀끝에 살짝 대어본
꿀맛은 꽃잠 속 단꿈처럼 달달하다

내친김에 밥숟가락으로 푹 떠먹는다 처음 초록색 빠이롯
트 만년필을 선물받은 기분이다

한 번 더 먹는다 속이 보대끼면서 여자애가 맨날 늦게 다
닌다고 꾸짖는 엄마의 지청구가 대수롭지 않다

얼마나 더 먹었을까 요동치는 속은 수굿해질 기미가 없는
데 말수 적은 큰오빠가 좁쌀만큼도 어렵지 않다

한 번 더 먹어본다 깨춤 추듯 깡충대다 맴을 돌다 감탕밭
자갈밭을 지나면서도 매사에 계집애를 내세우며 야단치는
작은오빠쯤은 문제도 아니다

또 한 숟가락 먹는다 산을 넘고 강을 건너다 허구렁에 빠
지고 돌부리에 걸려 넘어지지만 옛날 같으면 살림도 할 나이
에 조신하지 못하다며 나무라는 아버지도 겁나지 않는다

이제 꿀단지는 바닥이 보인다 쫓아오는 무리에게 돌팔매
질하고 파란 병 빨간 병을 던진다 간이 동산만큼 커졌을까
방학마다 가던 오빠들의 무전여행도 얼마든지 자신이 있다

보물찾기

파장 뒤의 장마당처럼 고즈넉하다

마루 끝에 가방을 내던진 채

엄마 젖을 빠는 올망졸망한 아기 돼지들이 그려진 문을 열고 다락에 올라간다

대바구니엔 쪽창을 비집고 들어온 햇살이 가득하고

바느질 그릇도 누가 선수를 쳤는지 골무와 알록달록한 색실만 샐샐댄다

버들고리 안에는 아버지 옷들이 근엄하고

꽃무늬 종이 상자의 자투리 천을 들쳐도 입맷거리가 없다

부뚜막의 양은솥엔 경동시장에서 사온 못난이 고구마 하나 안 남았다

찬장도 선반도 휑한 게

동회에서 타 온 밀가루에 막걸리 넣어 만든 술빵마저 동이 난 게다

뒤주를 휘저어도 도시락 반찬거리 마른 오징어 한 마리 안 만져지고

북어 껍질이나 눈알이라도 어디냐 골방을 뒤지지만 허사다

아버지 해장국도 안 끓이냐 당찮게 엄마를 원망한다

장독대의 항아리 불심검문도 소득이 없다

등록금 고지서보다 무서운 자식들 입을 피해

집이 좁다고 구석구석 숨기는 엄마

늘 빈손이었던 나의 보물찾기

망칠역(望七驛)에서

꽃띠역에서 서성이는데
몇 살이면 마음을 자유롭게 부릴 수 있냐고 묻기에
장난삼아 환갑이라 대꾸했다

육십갑자 순환선 일주하는 데
군밤에서 움이 돋는 시간이 걸리는 줄 알았다

무쇠소가 철수산(鐵樹山) 철초(鐵草)를 먹는 동안

동전만 한 그늘도 없는 너덜겅을 올라 불혹역에 들러서
가풀막진 벼룻길을 종종종종 걸어 지천명역에서 한숨 돌
리고
진창길에서 허위단심 애쓰다 보면 이순역에 닿으리라
거기서 한 해를 더 터덜터덜 가다 보면

울퉁불퉁 모난 돌도
뙤약볕에 깎이고 드센 바람을 맞아

흑요석처럼 반질반질한 몽돌이 되리라

소털 같은 시간과
갠지스 강가 모래만큼의 날들이 지난 게 아니었다

비 오는 오후 단꿈을 꾸었나 싶은데
망칠역이란다

옥설(玉屑)

알로 슨 기억이 없지만

돌무지무덤을 박차며 나가고 싶다

새 이불처럼 포근한 품속을 떠나는 게 슬프지만

용오름을 타고 창공을 누비고 싶다

강한 햇살에 눈멀까 더럭 겁도 나지만

노란 꽃 붉은 꽃이 손짓해 부르는 호랑나비가 되고 싶다

쾌재를 부르다

두 손을 뻗어
눈앞에서 알짱대는 모기를 쳤지만
빠져나갔다

쳐서 지나 입이 삐뚤어진 모기 하나
못 당해낸 나는
소리만 요란한 빈 수레

비문증(飛蚊症)까지 겹나
휘두르는 폭이 점점 넓어진다

모기를 향한 헛손질에 지쳐갈 무렵
드디어 손에 피가 묻었다

심사를 건드리는 한
나는 빈 수레가 아니다

11월

처서에 내 입은 반듯했지
백로 추분 한로를 보내고도
여전히 나는 푸른 잎 무성한 대나무처럼 짱짱했다

상강 지나니
마른 꽃마저 버거운 끝물 꽃대처럼
맥을 못 추고 버석거린다
실바람에도 바람 든 무처럼 다릿심이 빠지고
곰마지 낀 장처럼 입안이 텁지근하다
살짝만 부딪쳐도 늦가을 이파리처럼 여기저기 단풍이 들
면서
얼굴엔 석이 목이 색깔 점박이무늬가 늘어나는데

끝물 휴가철에 갔던 고흥 바다가 떠올랐다
물 반 사람 반이라는 제철 해수욕장에 비해
수평선도 물새도 구름도 유유자적하니 얼마나 좋았던가
물기 머금어 비릿한 바람마저 상큼했지

물색은 빠져도

늙은 오이가 애오이보다 아삭아삭하고

늙은 호박이 애호박보다 달차근한 법이지

굴타리먹은 것들은 또 어떤가

얼마나 달큼하면 벌레들이 먼저 알고 달려들겠나

필사한다 고로 나는 존재한다

습작을 위하여
블로그에 독수리 타법으로 시 한 편 필사하는데
내가 여태껏 운전면허를 못 딴 이유가 분명해진다

필사한 시에 만발한 오타에는 몇 가지 유형이 있다
가령 '했따'나 '있꼬' 처럼
쌍자음을 위해 밟았던 브레이크 때문에
쌍자음에서 머물기도 하고
'어미닭ㄱㄱㄱ'이나 '병아리ㅣㅣㅣ'같이
액셀에 계속 힘을 주어 어미닭을 쫓아다니는 병아리들
처럼
같은 글자가 줄줄이 이어진다
식사 후엔 졸음운전을 하여 같은 글자가 몇 행이나 계속되
기도 하고
더러는 급한 마음에 몇 글자나 몇 행을 추월하는 때도
있다

아무리 바빠도 급발진하듯 무조건 내달려도 안 되고

브레이크만 밟느라 다른 차의 주행을 방해해도 안 되는데

오타가 가득한 내 블로그의 시 한 편

액셀과 브레이크를 공깃돌처럼 부리지 못해서
또 졸음운전을 하다가
추월을 하다가
대형 사고를 내지는 않을까 저어하면서도

필사한다 고로 나는 존재한다

어설픈 건축사

삼십 점씩 착실히 모이면 동굴 같은 방에 햇살이 기웃거리고

폭탄 구슬이 백 점 정도 보태주면 지상으로 올라갈 사다리가 보인다

색폭탄 구슬 덕에 점수가 왕창 늘어나면

방이 세포분열하여 아이들 공부방도 장만할 수 있을 것 같아진다

내 기록을 깰 때면 아담한 아파트가 카메오처럼 등장한다

사라지지 않는 검은 구슬이 성벽처럼 쌓이면

맹지에 갇힌 듯 온몸이 옥죄여

갚을 길 없는 대출을 받아야 하나 산을 머리에 인 듯하다

각색 구슬 떨어지는 위치 따라

악수나 호수 또는 로또 같은 묘수도 되는데

한 수를 미리 봐야 하는 것은 필수다

갈림길에서 망설이다 한 치 앞을 못 봐서

마우스 방향이 살짝 틀어져서

구슬이 엉뚱한 곳에 떨어지면
아차 해도 이미 일수불퇴인 것이다

어설픈 건축사는
가지 않은 길에 대한 후회나 미련에
심기일전 컴퓨터 게임 '데굴데굴'을 하며
밤새워 구슬집을 짓고 또 짓는다

굴레

죽어도 김 씨네 귀신이 되어야 한다
폐백 절을 받은 시어머니는 말씀하시고

동백 씨를 넣은 빨간 갑사 귀주머니를 주셨다
심어서 짱짱하게 뿌리를 내려라

폭풍이 불 때마다 붉은 대추알은 고루한 굴레가 되고
폭설에는 고삐가 되어 나를 매어놓았다
폭우에는 반지르르한 덕석밤이 야속한 코뚜레가 되고
폭염에는 차꼬가 되어 발목을 잡았다
폭언에는 쌉싸래한 폐백 술이 지엄한 올무가 되고
폭평에는 조롱이 되어 나를 가두었다
폭한에 빨간 귀주머니가 단단한 대못이 되는 동안

맞을수록 팽글팽글 도는 팽이의 오기를 싹틔우고
맞을수록 큰소리치는 북의 근성을 키운 내가
폭폭해질 땐

동백 씨가 닻이 되어 정박(碇泊)시켰다

씨드림 동백의 나이 불혹
나는 자그마한 석짝 가득 씨를 거두어들였다

공수(工倕)* 선생의 한 말씀

자드락길에서 미끄러지는 바람에 왼쪽 어깨를 다쳐서
정형외과에 다닌 지 달 반 되는 날
찬찬히 엑스레이 필름을 들여다보던 공수(工倕) 선생
팔을 맷돌 돌리는 것처럼 휘휘 돌려보라
별을 따는 것같이 위로 올려보라 하더니
구국의 결단을 내리듯 비장하게 한 말씀 하신다

이제 괜찮으면 그만 오셔도 됩니다

괜찮다는 건 어떻게 아나요

어깨를 잊으면 괜찮은 겁니다

* 공수(工倕) : 『장자(莊子)』, 외편(外篇) 달생(達生) 공수(工倕)에 나오
  는 인물.

제3부

엔딩 크레디트

모란꽃

새색시 활옷 같은 꽃상여를 타고
팔랑거리는 나비 따라 산등성이 오르며
주춤주춤 뒤돌아본다

하늘거리는 종이꽃 이파리만큼이나
가벼워진 몸피에 달라붙는 딸들의 울음이
휘휘 감겨 무거운 것일까?
삼 줄기 같은 세월 기다려온 남편의 옆자리
상전인 양 눈치 주던 형님이
이미 차지해버려서일까?
늙은 요령잡이의 상엿소리 뒤따르는
성씨 다른 손자들을 안쓰러워하는 것일까?

혼자 살림에 다섯 자식 키우느라 장터를 떠돌면서도
미나리꽝에서 종아리의 거머리를 떼어내면서도
웃음을 보약처럼 드셨던 어머니

꽃상여 속에서 다시 웃는다

강진댁 식구들

1 합환주

신부의 하객은
친구로 보이는 두 사람이 전부였다

적막강산인 동네에 구경꾼들이 몰려들었는데
갓 스물을 넘긴 신부는 부끄러운 줄 모르고
철부지마냥 방긋방긋 웃었다

하얀 웨딩드레스 대신 활옷을 입었지만
섭섭해하는 기색도 없었다

가득 부은 합환주를 넙죽 들이켰다

2 꽃밭의 어머니

어머니 이거 좀 입어보세요, 그 신부가 내밀었다

채송화 같은 손자들

68

맨드라미 닮은 며느리들에 둘러싸여
어머니는 수영복을 입고 나팔꽃처럼 웃으셨다

참말 좋소야, 신식 며느리 덕에 우리 엄니 꽃밭이 됐어라우

막내딸이 한마디 던졌다

예순다섯 살 어머니는 수영복을 입은 채
입다심거리를 마련하느라 부산했다

   3 또 한 식구의 배웅

기척 없이 마루 밑에 누워 있던 누렁이가
사흘 만에 일어섰다

고깃국에 밥 말아줘도
사람들이 북새통을 떨어도 모른 체했는데
주인이 대문을 나서자 기동한 것이다

먼 길을 다녀오면 더 챙겨주던 주인은
마당을 쓸어놓고
옷가지도 정리했다

상여 탄 주인이 동구 밖을 나선 뒤에도
누렁이는 서서 배웅을 했다

크리스마스 캐럴

화장실에서 윗옷 주머니에 넣어둔 손목시계를 변기에 빠뜨렸다

유일한 결혼 예물이 순식간에 소용돌이 속으로 빨려 들어갔다

지청구를 들을까 봐 퇴근길에 소매치기 당했다고 둘러댔다

다친 데 없으니 천만다행이라며 더 좋은 것으로 사주겠다고 했다

창밖에서 크리스마스 캐럴이 울리는 저녁이었다

시인

내가 난 자석들은 메떡이고
들어온 자석들은 모다 찰떡이다요

사위들에 이어 며느리 자랑꽃을 피운다

큰앤 손끝이 야물어 이불이건 옷이건 못 맹그는 게 없다요
이 상은 작은애가 혼자 다 차린 거다요

끝내 불리지 않은 막내며느리 보는 어른들 눈길이 생글거
리는데
뜸을 들이다가 운을 뗀다

시상에 젤 어려운 게 뭔지 아요?
사람들은 모다 돈 버는 게 힘들다지만
어디 공부에 댈랍디요
돈은 훤히 보이는 손에 쥐고 있응께 가져오믄 되지만
머릿속에 꽁꽁 감춰둔 공분 그럴 수 읎잖소

팡파르 속에서 대상 발표하듯 말씀하신다

시인이 뭔지 아요?
우리 막내메느리가 공부보다 어려운 시를 맹그는 사람이
다요

전대

뜬눈으루 지낼 순 읍제 삼우까장 견뎌야 헝께

큰집 형님 장롱 문을 열자 이불이 채석강 바위처럼 쟁여져

있다

모란꽃 만발한 이불은 형님네 차지

이건 서울 아들네 덮으소

호랑이가 호령하는 밍크담요를 꺼내자

반 접힌 만 원짜리 몇 장 떨어진다

보름 전 제사 때 차비로 드린 오만 원 그대로다

이건 영암 막내네

진달래색 누비이불을 내리는데

만 원짜리 비바람에 꽃잎 지듯 흩어진다

내가 드린 거잖아 목동 큰딸이 울먹울먹한다

이불 갈피마다 접힌 돈들 더 끼워져 있다

서리서리 감춰두었다가

먼 걸음 한 손자들 군것질거리 장만하고 싶으셨을까

자식들 여비로 찔러줄 참이었을까

무장무장 길어지는 겨울밤

자식들 그리며 뒤척였을 어머니 생각에

갈매기 소리 같은 울음이 방 안 가득 물결친다

딸그마니 엄니

접고 또 접은 만 원짜리 두 장
새애기 손에 쥐어주고 부리나케 돌아 나오는디
내 허리만치나 꾸부정한 그믐달이 따라오며
초례청 새각시처럼 살포시 웃더망

딸그마니 아래로 딸만 내리 셋을 더 낳자
기대렸다는 듯
젊은 각시 들여앉히는 판세
문간방서 네 딸과 오글대며 살 수백게
그 각시에서 아들 하나 얻더만 폴씨 장원급지나 헌드키
돼지 잡고 온 동네 굿판 벌이걸레
빚두루마기 야반도주하드키 고양이걸음으루다
딸 넷 앞세워 고샅길 빠져나와버렸제

이짝은 쳐다보지도 않을쳐 다짐다짐했건만
방싯거리던 판곤이는 어째 그리 아른거리싸는지
하기사 나 죽으믄 찬물 한 그릇이라도 올려줄 티지

생각하믄 얼매나 오지것서

그래도 판곤 엄니 큰맴 먹고 날 오라캐서
새애기 피백절도 받았응께
새초름헌 서울 애기 내게도 다수굿허드망
이제 아들이나 푸지게 낳고
제비 새끼만치 오순도순 살믄 쓰것네

우리 판곤이랑 재미지게 잘살아라잉

다시 생

1

꼬투리 속 콩알처럼 지내던
삼교대 근무의 같은 조 친구들
양지 찾아 민들레 풀씨처럼 흩어져
의지가지없이 김 씨만 남았다
친구들 용문을 오른 물고기처럼 펄떡이는 동안
바람과 구름 비켜가며 한 뼘 승진하느라
코에 암(癌)이 싹튼 것이다

먼 친척도 기별 없던 동창도
공자의 말처럼 달려와 덥석 손을 잡아주었다
공수래공수거라며
원망 미련 죄다 버리자고 수첩을 뒤적이던 그
발그림자도 없는 꼬투리 친구들 이름에
붉은 줄을 좍 그어버렸다

2

신부님 병자성사를 주며

"서운하게 한 모든 이들을 용서하시지요?"

말 잘 듣는 어린이처럼 고분고분하게 "네" 했다

그 저녁 친구들 몰려와

왁자하게 떠들다 돌아갔고

그어버린 이름 찾아내어

진하고 큼지막하게 써넣었다

"다시 生"

노을

사청(乍晴)한 하늘에 무지개 뜨듯
낮달같이 해쓱한 그의 얼굴에
잠깐 화색이 돌았다

꺼져가는 불씨를 살릴 수 있으리라
기대가 반딧불처럼 반짝였다
"나비야 나비야" 봄노래 흥얼대며
꽃 본 벌처럼 가락동 농수산물시장을 들락거렸다
대추와 영지와 인삼을 달이는 냄새에
그의 웃음이 촉을 틔웠고
민물장어와 가물치와 붕어를 번갈아 고아댈 적엔
촉이 우쩍우쩍 자라났다

비나리를 듬뿍 넣은 녹즙에도 목이 말랐는가
촉은 시들기 시작했다
시월의 마지막 밤을 보낸 어느 날
노랑나비 흰나비가 팔랑팔랑 춤추면 봄놀이 가자던 약속
을 남긴 채

그는 백수광부같이 강을 건너갔다

하루해가 노루 꼬리만큼 남았을 때의
노을이 가장 붉다는 걸
비로소 알았다

축하합니다

교자상을 보자 아이는
오뚝이처럼 올라앉기도 하고
꼭두각시춤 추듯 총총거리기도 한다

홍동백서 조율이시
족보 따라 진설이 시작되면
신명은 절정이다
색동옷 같은 옥춘당에 손이 가고
레고 블록처럼 쌓아올린 사과를 탐낸다

할아버지 할머니 잡수신 다음에, 라는 말에
아이는 보이지 않는 조상 찾느라 분주해진다

밥 먹는 손이
남자는 위로 올라가고
여자는 아래로 내려가야 한대요
엉덩이를 쳐든 어설픈 재배(再拜)에

축가가 이어진다

할아버지 할머니 제사 축하합니다

대시인

냉장고 앞에서 '주' 하면
주스를 달라는 이야기
현관을 가리키면서 '주' 하면
주차장으로 내려가 차를 타고 멀리 가자는 말
빨간 토마토도 빨간 꽃도 빨간 차도
전부 '빨'이다
대시인은 이런 식으로 행도 연도 만든다

할머니를 부를 때도 '할'
할아버지를 부를 때도 '할'
할머니와 할아버지는 앞다투어 달려간다
하지만 귀 기울여 들어보면
딴에는 차이가 있다
할머니를 찾을 때는
무 자르듯이 단호하게 '할' 하고
할아버지를 찾을 때는
한가로이 헤엄치는 작은 물고기마냥

'하얄' 하며 꼬리를 흔드는 것이다

돌이 지난 아가는
한 음절로도 모든 표현이 자유로운 대시인이다

생인손

식탁 위의 카네이션에서 버석거리는 소리가 난다

먹여주고 입혀주고 재워주고 사람 만들어준다고 군대 보
내는 날도 너스레를 떨던 나는

이십육 개월 내내 면회 한 번 안 갔다

아들이 아침 식사를 거른 채 출근한 어버이날

나는 희나리 같은 식탁에 앉아 얼음 가시에 찔리고 있다

숨바꼭질

아이가 숨는 곳은 늘 빤하다
보자기만 한 틈서리로 비집고 들어간 다음
얼굴만 가구나 물건 뒤로 감추고는
등이 보이건 엉덩이가 드러나건 상관없이
대장님 어디 있나? 우리 대장님 어디 있나? 연발한다

나는 안 보이는 척, 안 들리는 척
대장님 어디 갔을까? 정말 안 보이네
맞장구쳐준다

아이는 까꿍 하며 튀어나와서는
한껏 의기양양해져서
비 그친 하늘의 햇덩이 같은 웃음을 터트린다

습(習)

아이는 씨앗이랍니다 엄마 마음대로 아빠 뜻대로 그리고 [畵] 색칠하는 도화지가 아니지요 거목으로 키우려면 양 치는 목동처럼 씨앗의 특성을 알아야 해요

양의 먹성이 좋은지 털이 보드라운지 성질이 순한지 제각각 다스리듯 씨앗도 깊이 심어야 하는지 물을 많이 먹는지 햇볕을 좋아하는지 그늘을 좋아하는지 모래땅이 적당한지 진흙땅이 적당한지 추위에 강한지 약한지에 맞춰 키워야 하거든요

또 알을 품는 어미 새의 마음이 필요해요 아이가 싫어해도 반드시 해야 하는 공부가 있죠 학습이라고 하는, 이 "습(習)" 자가 바로 어미 새가 깃털로 하얀 알을 품어주는 거랍니다 백 번 잔소리보다 한 번 품어주는 게 일등 거름입니다 씨앗을 심은 후 흙을 꾹꾹 눌러주잖아요 바람에 날아갈까 새가 먹어치울까 하는 염려 때문이기도 하지만 이불 같은 엄마의 품을 주는 거지요

엄마와 이어주던 탯줄이 잘렸으니 아이가 불안할 거예요

이때 품는 걸로 엄마와 마음의 길을 터주는 거지요

이렇게 아이라는 씨앗에 물 같은 사랑과 바람 같은 관심을 합치고 햇볕 같은 책을 더하면 연둣빛 싹이 돋고 초록이 짙어져서요

키가 크고 줄기가 굵은 거목이 되어 무지개를 딸 겁니다

만월 우화(愚話)

잘 빚은 송편 같은 손으로 어깨를 토닥이던 아이가 할머니
는 콜라겐만 잡수시나 주름이 없어 쉰세 살로 보이니 아빠를
열세 살에 낳으셨냐며 너스레 비행기를 태운다

할머니는 척척박사 같아 선생님이라 부르기도 했다고 팔
랑나비 날개도 달아준다

오목에서 이기고 한 수 가르치느라 일부러 져주신 것 아니
냐는 능청에 벌개미취꽃이 담뿍담뿍 피어나는데

컴퓨터에서 이주희 시인을 검색하면 할머니 사진이 뜬다
며 계관시인에게처럼 월계관을 씌워주겠단다

아이 아빠도 그 나이에 자유주제로 오 분 얘기하라니까 손
을 번쩍 들고 나가서 우리 엄만 어머니의 본보기인 신사임당
과 어금버금하다고 허풍을 떨었다 하고

부창부수인가 아이 엄마는 내 안색을 살피고 반찬 솜씨를
펼쳐 아이들 말로 수랏상을 차리느라 분주하다

다섯 살

눈 뜨자마자 아이가 비칠비칠 다가가
거울을 보더니 중얼거린다
에이, 다섯 살 때와 똑같잖아

살짝 발뒤꿈치를 들어보고
만세를 부르듯 두 팔도 높이 쳐들다가
시무룩해진 아이는
알밤만 한 주먹으로 거울을 툭툭 치다가
발로 차다가 한다

너 여섯 살 되면 말 잘 듣는다고 했는데 이러면 되겠어?

아이는 억울한 표정이다

엄마, 나 아직 다섯 살인 것 같은데

엔딩 크레디트

1박 2일 간의 영화는 끝이 나고
출연진과 스탭진의 이름이 천천히 올라간다
큰아들 큰며느리 그들의 두 아들
작은아들 작은며느리 그들의 아들과 딸
이름 하나하나 떠올랐다 사라지는 동안
까르르 웃고 투덕거리던 장면 장면을 복습하듯 되새겨본다
자막이 모두 사라진 후에도
나는 검은 화면에 흐르는
배경음악 넬라 판타지아 바이올린 연주곡에 취해 있다
그마저 끝나고도 선뜻 자리를 떠나지 못하는데

어머니 잘 도착했어요 수고 많으셨어요
작은아이의 문자가 오고
큰아이도 전화를 한다
무사히 내려왔습니다
길은 안 막혔니? 고생했다

작은아이에게 답문자도 보낸다

푹 쉬렴 한동안 달을 자주 볼 것 같구나

내가 제작한 추석 특집 영화는 엔딩 크레디트까지 모두 끝
났다

동짓달 초이레

다듬이질 끝낸 옥양목처럼 새뜻한 내게
그림을 그립니다

파란 하늘의 새털구름을 향해 팔을 쭈욱쭉 내뻗은
은행나무 한 그루 장만합니다
일렁이는 갈바람 따라 연신 흔들어대는 노란 손수건 같은
잎사귀를 마련합니다
고소한 콩고물 묻힌 경단 닮은
은행알도 곁들입니다
고향집 툇마루에서 올려다보던 까치집도 두어 채 지어주
고
나그네새들 눈 붙이며 날개 쉬어 가라고
장난감 같은 새집도 여럿 매달아놓습니다
굵은 가지 잔가지 사이에서
팔랑거리는 잎사귀 사이에서
숨바꼭질하는 장난꾸러기 새들도 잔뜩 불러들입니다

참새 같은 아이들 데리고 썰물처럼 빠져나가는 자식들

가물거리도록 손 흔들고 서 있는 어머니의

붉은 이름자를 뚜렷하게 갈무리합니다

제4부

여

단잠

자동차 소리를 자장가 삼아

노인은 자고 있다

통통한 가랑이 끝으로 외떡잎 같은 발이 보이고

다른 쪽 가랑이는 부피 없이 후줄근하다

뽑아든 의족을 죽부인인 양 부둥켜안았는데

벤치에 기대놓은 목발이 윤슬보다 빛난다

사고 후 첫 나들이인가

서툰 걸음에 고꾸라졌는지

볼은 긁히고 손은 흙투성이다

소용돌이라도 만났는지

이따금 허우적대다 푸푸거린다

압박붕대에 감춰진 장뼘 다리는 얼마나 가려울까

걸음을 뗄 때마다 쓸린 자국에서 피가 난 건 아닐까

바짓가랑이 들썩이며 명지바람이 부채질해주면

복날 얼음물 들이켠 듯 시원하지 않을라나

자동차가 경적을 울리고 사람들이 북적거려도

벤치 위의 노인은

기찻길 옆 오막살이 아기처럼 잘도 잔다

여

지하철역 환승 통로가 끝나는 계단 밑 삼거리에

부서진 신호등처럼 주저앉은 할머니는

이레 된 말매미같이 얼굴이 거무끄름하다

하루하루 벼룻길 걸어온 듯

빈 나뭇가지처럼 앙상궂은 팔과 손은

깎은 지 오래되어 갈변한 배 같다

빨간 고무 함지의 랩 씌운 바람떡과 김밥이

시나브로 쉬어가도 호객 한 번 못 하는 할머니는

파도와 숨바꼭질하는 여처럼 출근 인파에 보이다 말다 한다

오가는 이의 옷자락이 머리를 치고 어깨를 건드려도

아랑곳없이 무표정하다

주관이 엄마

야시장처럼 부산한 부엌과 마당이 아기 울음소리로 가득 찼다

엄마는 장롱에서 내가 입었던 배내옷과 기저귀와 포대기를 꺼내왔고 큰언니는 뜨거운 물을 연신 문간방으로 들여보냈다 할머니와 엄마는 아기를 씻어주며 인물 한번 훤하네, 훤해 눈이 부리부리하고 코도 오뚝한데요 이름이 '주관'이라네 어떻게 아이 없는 걸 알았을까요? 주고받지만

아기를 만지면 단꿈이 깨질까 문간방 아줌마는 내밀던 손을 멈칫거리고 실향민 아저씨는 보름달같이 웃기만 했다

나를 금이야 옥이야 하던 아줌마가 본체만체하여 뾰로통해하는 동안 아버지랑 오빠는 숯과 고추와 생솔가지로 금줄을 엮어 대문 위에 걸었다

늙은 아줌마는 비로소 주관이 엄마가 되었다

즐거운 계약

1

소아마비를 앓았다는 고물상 이 씨는
단출하게 네 식구라더니
계약이 끝나자
아들 하나 딸 둘 더 데리고 이사를 왔다
시집 간 딸도 둘이나 된다고 주억거리며
둘째 딸과 동갑인 나를
들고날 때마다 상전처럼 대했다

2

이 씨는 해가 일어나기 전에 절름거리며
빈 리어카를 끌고 나가
해가 잠든 후 보름달을 신고 왔다

다음날 다리는 생생해졌고
잡동사니들은 되살아났다

망가진 밥상은 진수성찬을 차렸고

고장 난 텔레비전은 사글셋방을 살렸다

3

애들 학교 때문에 이사를 갈까 해요

제가 사면 어떨까요? 복비도 이사비도 안 들게요

저야 고맙지요 이 집도 아저씨의 손이 닿으면 멋진 별장이
되겠지요

행랑채 식구로 들이다

십이 층 아파트 베란다 밖
에어컨 실외기 옆에서
시도 때도 없이 할끔할끔하던 눈길

당돌한 무단 침입자가 괘씸해
팔을 내두르려는데
날개 밑으로 비주룩비주룩 내민 솜털들

여덟 식구 살 집 구하느라
넘고처진다를 되뇌던 엄마의 모습이 떠올랐다

나도 지상의 방 한 칸을 위하여
솔개그늘마저 아쉬운 뙤약볕 아래를
헤매지 않았던가

비둘기 아기들이 날기 연습을 마칠 때까지
행랑채 식구로 들이기로 한다

얼굴

잎이 성하면 꽃이 부실한 법이라기에 전정가위를 들었다

어느 틈에 임신한 걸까, 콩알만 한 봉오리를 잔뜩 달고 있었다

입덧에 시달리며 열 달을 견뎌야 하는 얼굴

나는 열매도 달지 못하는 동백의 도장지(徒長枝)마저 자를 수 없었다

호야

뿌리만 물에 잠기면 잘 자란다 했다
믿어도 좋다는 듯이
자그마한 도기에 양각된 줄기 끝에서 손을 흔드는 잎사귀

이제부터는 내가 호야 엄마다
화분에 옮겨 심고 흙을 다지며
호야! 좋구나 하니
메아리처럼 좋아요 야호! 하며 배시시 웃는다
눈 맞추며 물을 주고 흥얼거리며 잎사귀도 쓰다듬는다
영양제를 꽂아주니 고분고분 잘도 받아먹는다
가을 메추리처럼 오동통해진 줄기를 쭉쭉 내뻗으며
잎에 생기가 돌더니
어느새 식구가 늘어 비좁다고 아우성이다

그래 함지박만 한 새집을 장만해줄 테니
활개도 치면서 위풍당당 살아가려무나

동백꽃

도란거리는 소리에 잠을 깼더니
밤새 일곱 난쟁이들이
새 식구로 들어왔다

빨간 입술을 달싹이며
노란 목젖이 보이도록 낄낄대고
마냥 신바람이 났다

내가 물만밥을 깨작깨작하면
계란을 부치고 김치를 꺼내 잡수시라고
아양을 떤다

종종걸음 치다 숨을 돌리면
밤톨만 한 손으로 부채질을 해주며
어깨를 주무른다

개키던 빨래를 밀어놓고 등걸잠을 자면
살그머니 무릎담요까지 덮어준다

모과나무

구름이 달과 별을 가린 밤새
천둥 번개가 아우성치더니
다둥이를 밴 모과나무가 유산을 했다
유혈이 흥건한 밑동에서
비에 젖은 채 비둘기가 고곡 고고곡 울어대지만
그녀는 눈물 한 방울 흘릴 겨를이 없다

용케 살아남은 아기들에게
방긋거리며 산토끼 노래도 불러주어야 하고
아기 돼지 삼 형제 이야기도 조곤조곤 들려주어야 하는 것
이다
그리고 말벌의 침도, 헤살과 지분댐도 막아주어야 한다
비바람의 심술로 한기가 들어도
뙤약볕의 기승에 비지땀으로 온몸이 젖어도
강대나무가 될망정 이대로 주저앉을 수는 없다

햇살 자글거리는 가을
살지고 투실투실한 옥동자를

순풍순풍 낳을 날을 손꼽아 기다리며

시린 무릎 후들거리는 다리로 앙버티고 서 있어야 하는 것
이다

소만(小滿) 즈음

이팝나무는 파란 대접에 쌀국수 사리사리 담고
함박꽃은 수제비로 구색을 맞춘다
조팝나무는 한소끔 끓여 몽글몽글한 순두부찌개를 올리고
산딸나무는 가래떡을 엽전처럼 납작납작 썰어 떡국을 내
놓는다
아가위나무는 보풀보풀 버무려 백설기를 쪄내고
돌배나무는 화전 지지느라 땀 닦을 겨를이 없다
때죽나무는 이가 부실한 어르신들 끼니로 흰죽을 쑤고
백당나무는 손맛 자랑하느라 조물조물 나물을 무친다
토끼풀은 부지런히 아기 주먹밥을 만들고
아까시나무는 운조루 뒤주처럼 튀밥자루 끈을 풀어놓는다
하얀 민들레는 냉이꽃 남산제비꽃 산딸기꽃과 어우렁더우
렁 꽃비빔밥을 만든다
마가목은 송이송이 뭉쳐 밑반찬거리 부각을 튀기고
층층나무는 산길 오르느라 헛헛해진 이들에게 주먹밥 한
덩이씩 인심을 쓴다

마당 깊은 꽃집

대문을 열면 아담한 꽃밭에서 채송화 글라디올러스 아마릴리스 달리아 금잔화 깨꽃 봉숭아 백일홍 붓꽃 맨드라미 분꽃 한련 홍초 들이 제각각의 색으로 피고 진다 밖에서 보이지 않는 대문 앞 담장 바로 아래선 빨강 하양 양귀비꽃이 하늘하늘 춤판을 벌이기도 한다

마당 한복판까지 내리뻗은 바위에 잔돌을 쌓아 꾸민 장독대가 있는데 돌 틈은 꼬리 두 개를 가진 하얀 바위취꽃 차지다 장독대에서 집 윗길에 올라앉은 담장은 줄장미 붉은 꽃이 온통 뒤덮었다 저도 질세라 기세 좋게 덩굴을 뻗어나가는 남보라색 나팔꽃은 위풍당당 기상나팔을 불려고 새벽부터 부지런을 떤다 한켠엔 노란 여주 꽃이 수줍게 웃다가 살랑대는 바람에 오톨도톨한 주황색 열매를 대롱거리기도 한다 그 옆으로 기어가듯 퍼져 있는 돌나물 노란 꽃도 방긋거린다

마루 아래 봉당엔 화분이 크기대로 줄서 있다 밤송이선인장 손바닥선인장 공작선인장 손가락선인장이 인심 쓰듯 꽃을 보여주고 꽃기린 양아욱과 석류는 붉은 꽃을 뽐내고 조신하게 하얀 꽃을 피우는 실란은 쭈뼛거리며 연분홍 꽃을 내놓는 개상사화와 단짝처럼 다정하다

부엌 부뚜막은 조왕신 같은 움파가 늘 지키고 있다

부엉이곳간

비탈진 산자락 도래솔 울타리 윗녘에서는
할미꽃이 무에 그리 못마땅한지
고개를 숙인 채 체머리를 흔들고 있다
산 아랫녘의 할미새는
시어머니 잔소리를 거드는지 싸부랑싸부랑 울어댄다
안마당에선 며느리주머니와 며느리밥풀이
할끔할끔 쑥덕쑥덕
배곯았던 하소연 늘어놓으며 시어미 성토 중이다
멧부리의 쑥국새는 쑥국쑥국
아이 낳고 미역국도 한 숟갈 못 얻어먹었다며
석삼년 참았던 며느리들의 대거리를 부추긴다

남방노랑나비와 연주노랑나비가 울밑으로 날아와
풀이 죽어 시무룩한
애기똥풀 애기봄맞이 애기메꽃 들의 꼬막손을 잡으며 다
독인다

도래솔 바깥에선 강아지풀이 바람 따라 살랑거리다

귀를 쫑긋 세우며 울안을 기웃거린다

속살속살 꽃바람이 불든 티격태격 살바람이 불든
좀도리쌀 같은 봄볕에 도래솔 안은 부엉이곳간이 되어간다

동백 몸을 풀다

집 밖에서 하루 자고 들어온 사이
베란다에 동백꽃이 한 송이 피어 있었다

봉오리도 못 본 것 같은데
얼마나 볼록해졌나 언제쯤 꽃이 피려나
만딸의 산달을 기다리는 친정엄마처럼 살필 새도 없이
불빛마저 없는 텅 빈 집에서 꽃을 피워낸 것이다

힘에 겨워 진땀을 흘렸을 텐데
입덧 때문에 때로는 몸이 으슬으슬하기도 했을 텐데

졸고 있는 둥구나무

조개구름이 손짓하며 알은체해도
회오리바람이 으름장을 놓으며 흙먼지를 날려도
여우비가 성가시게 굴어도
호랑거미가 집을 짓는다며 수선을 피워도
까치가 우듬지에서 까악 깍 우짖어도
장승 부부가 티격태격 시끄러워도

경운기가 탈탈거리며 지나가도
이장이 마이크 잡고 주민들에게 안내 말씀을 올립니다 해도
강 노인네가 베트남 며느리를 맞아들여도

구급차가 치매 앓는 윤 노인을 노인병원으로 데리고 가도
김 노인의 꽃상여가 가뭇없이 멀어져도

콩짜개덩굴아

콩 쪼가리 같다며 놀려대도
주눅 들지 말거라
코끼리 귀만 한 이파리들이 햇빛을 가린다고
막막해 말거라
하늘이 네 잎사귀만큼도 안 보인다고
눈물 흘리지 말거라

나도 처음부터 키다리는 아니었단다
아름드리도 아니었고
늠름하지도 않았단다

이리 와 내 발목을 잡고 버텨보렴
다리를 잡고 허리를 잡고 오르고 올라
무동을 타듯 단단한 내 어깨를 딛고 서도 된단다

동무 삼아 콩새를 데려와도 좋다
박새 뱁새 굴뚝새 모두 와도 좋다

동무들에게 콩새야 팥새야* 노래 불러달라고 하렴

나도 동산이 들썩이도록 손장단 치며 응원해줄게
행진곡 삼아 성큼성큼 오르다 보면
마음껏 명지바람을 쐬며
오솔길을 내려다보다가
파란 하늘의 새털구름을 볼 날이 올 게다

* 김태오의 동시 「콩새야 팥새야」에 오상문이 곡을 붙인 동요.

이응

일곱 살짜리 아이가 아빠에게 묻는다

'싶은'
이렇게 쓰는 거 맞아?
그래 맞아

세상에서 가장 슬픈 글자가 무언지 알아?
글쎄⋯⋯

이응이야
왜?

사라졌으니까
사라져?

'시픈'이라고 읽으니까
이응이 사라진 거지

꽃의 시학

맹문재

1

이주희 시인의 시들에서 '꽃'은 핵심적인 제재이자 궁극적으로 추구하는 이상향이다. 그와 같은 면은 모란꽃, 금잔화, 맨드라미, 동백꽃, 자귀나무, 할미꽃, 벚꽃, 백일홍, 재스민, 해당화, 채송화, 나팔꽃, 벌개미취꽃, 카네이션, 함박꽃, 민들레, 냉이꽃, 남산제비꽃, 산딸기꽃, 애기메꽃, 글라디올러스, 아마릴리스, 달리아, 깨꽃, 봉숭아, 백일홍, 붓꽃, 분꽃, 한련, 홍초, 양귀비꽃, 바위취꽃, 줄장미, 여주꽃, 돌나물꽃, 꽃기린, 실란, 개상사화 등이 등장하는 데서 확인된다. 뿐만 아니라 꽃잎, 꽃봉오리, 노란 꽃, 붉은 꽃, 빨간 꽃, 하얀 꽃, 연분홍 꽃, 마른 꽃, 물꽃, 꽃대, 꽃밭, 꽃놀이, 꽃무늬, 꽃잠, 자랑꽃, 종이꽃, 꽃상여,

꽃비빔밥, 꽃바람 등 꽃과 관련된 대상이나 수식이 다양한 데서도 볼 수 있다.

그리하여 동대문시장의 휘황한 포목전을 "창경원 밤벚꽃놀이"(「구슬지갑」)로, 쪽 찌고 은비녀를 꽂은 어머니 머리의 나비잠(簪)이 흔들리는 모습을 "할미꽃"(「떨잠」)으로 비유하고 있다. 또한 아흔다섯 살 된 감나무가 태풍에 꺾이자 아이들의 목걸이를 만들어줄 "꽃"(「감나무」)을 피울 수 없음을 안타까워하고, 시어머니가 수영복을 입고 즐거워하는 모습을 "나팔꽃처럼 웃"(「강진댁 식구들」)는 것으로 비유하고 있다. 이외에도 꽃에 대한 깊은 관찰과 지식으로 시의 세계를 심화시키고 있다.

꽃은 미술이나 문학 등의 예술 분야는 물론이고 문화, 생활, 역사의 영역에서 인류와 함께해왔다. 결혼식이나 장례식 등에서 사용되는 실물적인 대상이기도 하지만 상징적인 차원에서 널리 변주되어온 것이다. 그리스 신화에서 꽃의 여신을 플로라(Flora)라고 부른 것이나, 다양한 꽃말이 만들어져 사람들에게 회자되고 있는 것이 여실한 예이다. 그리하여 꽃은 신의 축복, 아름다움, 화려함, 부귀영화, 봄, 전성기, 연인, 사랑, 여성성, 생명력, 출산, 행복 등 다양한 상징성을 나타내고 있다.

이주희 시인이 추구하는 꽃의 세계 역시 다양한데, 그리스 신화에 나오는 데메테르(Demeter)가 그녀의 외동딸 페르세포네(Persephone)를 바라보는 시선이 연상된다. 지하 세계의 왕인 하데스(Hades)는 페르세포네를 데려가고 싶어 기회를 엿보다가 마침내 수선화를 이용한다. 수선화는 제우스(Zeus)가 자신의 동생인 하데스를 돕기 위해 만들었다. 페르세포네는 친구들과 함께 장미, 백합, 제비꽃, 히아신스 등이 피어 있는 목초지에서 꽃들을 따 모으다가 이전에 본 어떤 꽃보다 아름답고 향기가 감미로운 수선화를 발견했다. 그리하여 친구들과 떨어진 채 그 꽃을 따려고 손을 뻗었다. 그 순간 땅이 벌어지고 검은 말들이 끄는 전차가 튀어나와 그녀를 잡아 끌어당겼다.

놀란 페르세포네의 울음소리는 높은 언덕과 바닷속까지 메아리쳐 데메테르에게도 들렸다. 데메테르는 바다와 육지를 넘나들며 딸을 찾아다녔지만 발견할 수 없었다. 그리하여 태양의 신에게 찾아가 물어보았는데, 페르세포네가 지하의 세계에 납치되어 있다는 말을 들었다. 데메테르는 이루 말할 수 없는 슬픔에 빠져 신들의 궁전인 올림포스를 떠나 지상으로 거처를 옮겼다. 그렇지만 대지와 농경과 곡물의 여신인 데메테르는 대지에 선물을 내리지 않았다. 푸르고 꽃이 만발하던 대지는 얼음으로 뒤덮이고 삭막한 사막으로 변해 자라는 것이 아무것도 없었다. 동물도 인간도 굶어 죽을 상황에 놓였다.

제우스는 이 문제를 해결하기 위해 신들을 보내 데메테르가 화를 풀도록 했다. 그렇지만 데메테르는 딸을 만날 때까지는 절대로 대지에서 수확할 수 없다고 대답했다. 그리하여 제우스는 데메테르를 설득하는 대신 하데스에게 페르세포네를 돌려보내라고 했다. 하데스는 제우스의 명령을 거역할 수 없었지만, 페르세포네가 다시 돌아오도록 하기 위해 석류의 씨앗을 먹었다.

마침내 두 모녀는 기적적으로 만나 하루 종일 그동안 겪었던

일들을 이야기했다. 그러다가 딸이 석류의 씨앗을 먹었다는 사실에 데메테르는 또다시 딸을 잃을 것 같아 두려워하고 슬퍼했다. 그러자 제우스는 신들 중에서 가장 연장자이고 자신의 어머니인 레아(Rhea)를 데메테르에게 보냈다. 1년 중 4개월 동안 페르세포네는 지하 세계에 내려갔다가 겨울이 끝날 무렵 돌아와 인간들과 함께 지내게 될 것이라고 알려주고, 올림포스 신전으로 돌아와 딸을 소유하고 슬픔을 위안받으라고 한 것이다. 그리고 대지에 생명을 줄 것을 권했다. 데메테르는 해마다 4개월을 딸과 헤어져야 했기에 만족할 수 없었지만 거절할 수도 없어 황폐화된 대지를 풍요롭게 만들어주었다. 세상 천지에 꽃과 푸른 잎과 풍성한 열매를 가져다주었고, 인간들에게는 곡식의 씨를 뿌리는 방법을 알려주었으며, 신성한 의식도 가르쳐주었다.

그 후 페르세포네가 메마르고 다갈색인 언덕을 넘어오면 온 대지는 활짝 피어났다. 그렇지만 페르세포네는 지상에서 성장하는 꽃들이며 과일들이 추위가 찾아오면 자신처럼 죽음의 세계에 끌려가야 한다는 것을 알고 있었다. 또한 지하 세계의 기억들도 가지고 와 페르세포네의 아름다운 얼굴에는 두려움과 슬픔이 들어 있었다. 딸의 모습을 다 보고 있는 데메테르의 마음 또한 그러했다. 그렇지만 데메테르는 페르세포네를 기꺼이 품었다. 또다시 헤어져야 하는 운명이지만 함께하는 동안 영원히 사랑한 것이다.

이주희 시인이 꽃을 바라보는 시선 역시 데메테르와 같다. 꽃을 바라보는 시인의 마음에는 기쁨과 즐거움과 풍요로움은 물론 슬픔과 안타까움이 들어 있다. 꽃 또한 페르세포네처럼 유한한 존재이기 때문이다. 그렇지만 데메테르가 페르세포네의 슬픔을 껴안고 사랑했듯이 시인도 긍정적인 세계 인식으로 꽃을 껴안는다. 꽃의 슬픔과 안타까움을 아름다움과 웃음과 풍요로움과 함께 기꺼이 품는 것이다.

2

새색시 활옷 같은 꽃상여를 타고
팔랑거리는 나비 따라 산등성이 오르며
주춤주춤 뒤돌아본다

하늘거리는 종이꽃 이파리만큼이나
가벼워진 몸피에 달라붙는 딸들의 울음이
휘휘 감겨 무거운 것일까?
삼 줄기 같은 세월 기다려온 남편의 옆자리
상전인 양 눈치 주던 형님이
이미 차지해버려서일까?
늙은 요령잡이의 상엿소리 뒤따르는
성씨 다른 손자들을 안쓰러워하는 것일까?

혼자 살림에 다섯 자식 키우느라 장터를 떠돌면서도
미나리꽝에서 종아리의 거머리를 떼어내면서도
웃음을 보약처럼 드셨던 어머니

꽃상여 속에서 다시 웃는다

—「모란꽃」 전문

"새색시 활옷 같은 꽃상여를 타고/팔랑거리는 나비 따라 산
등성이 오르며/주춤주춤 뒤돌아"보는 "어머니"의 모습은 그지
없이 슬프다. 그리하여 "어머니"를 바라보는 자식들은 "울음"을
내보일 수밖에 없다. 그런데 "어머니"는 "꽃상여 속에"서 "웃는
다". "혼자 살림에 다섯 자식 키우느라 장터를 떠돌면서도/미나
리꽝에서 종아리의 거머리를 떼어내면서도/웃음을 보약처럼 드
셨"듯이 "꽃상여"를 타고서도 "웃는" 것이다.

"어머니"의 그와 같은 모습은 삶과 죽음의 세계를 구분하지
않는 자세이다. 또한 삶과 죽음의 세계에 놓인 자신의 운명을
긍정하는 것이다. 그리하여 무덤으로 가는 길을 또 다른 집으로
가는 길로 여긴다. 자신이 태어나고 죽는 일을 우주의 순리로
여기고 의연하게 받아들이는 것이다.

"어머니"의 그 모습은 결국 화자의 세계관 내지 운명관이기도
하다. 그리하여 화자는 자신의 운명에 대한 인식을 "모란꽃"으
로 구체화하고 있다. "모란꽃"은 예로부터 부의 상징으로서 정
원에 길러지거나 자수에 이용되었다. 따라서 "모란꽃"으로 비
유된 "어머니"는 초라하거나 안쓰럽지 않고 의젓하고 품위가 있
다. 이 세상에서뿐만 아니라 저세상에서도 마찬가지이다. 이렇
듯 화자는 세상을 떠난 "어머니"를 슬프고 안타까워하기보다는
"모란꽃"처럼 여긴다. 그리고 기꺼이 "어머니"의 뒤를 따른다.

양지 바른 산비탈에
단칸집 한 채 장만하고
신방을 꾸몄다

안노(雁奴) 삼아 배롱나무 한 그루 세워두었다
안심부름꾼으로 금잔화와 맨드라미도 데려왔다
두런두런 티격태격 안생(安生)을 누리며 해로하시라고
자귀나무를 심었다
동백 울타리도 만들었다

주소와 문패가 무슨 소용이냐며 아버지는 웃으셨다

돌아오다 보니
산 끝자락 하늘 가까운 곳에
울긋불긋 꽃대궐이 제법 멋들어지다

— 「꽃대궐」 전문

　자식들이 부모를 위해 "양지 바른 산비탈에/단칸집 한 채 장
만하고/신방을 꾸"민 것은 잘한 일이다. 기러기가 무리지어 잘
때 경계하느라 자지 않는 한 마리의 기러기를 나타내는 "안노(雁
奴)"로 삼고 "배롱나무 한 그루 세워"둔 일도 그러하다. "안심부
름꾼으로 금잔화와 맨드라미도 데려"오고, "두런두런 티격태격
안생(安生)을 누리며 해로하시라고/자귀나무를 심"고, "동백 울
타리"를 만든 일도 마찬가지이다. 부모님이 아무 탈 없이 안생
(安生)할 수 있기에 마음이 놓인다. 그러기에 "아버지"는 "주소와

문패가 무슨 소용이냐"고 "웃으"시는 것이다.

"꽃대궐" 안에는 사실 큰 슬픔이 들어 있다. 부모님의 묘를 쓰는 데 슬퍼하지 않는 자식이 어디 있겠는가. 진정 그 슬픔은 목 놓아 울어도 다 풀리지 않는다. 그렇지만 화자는 슬픔에 함몰되지 않고 오히려 받아들인다. "돌아오다 보니/산 끝자락 하늘 가까운 곳에/울긋불긋 꽃대궐이 제법 멋들어지다"고 여기는 것이 그 모습이다.

이렇듯 화자는 부모님이 계신 추운 세상을 따뜻하게, 어두운 세상을 밝게, 삭막한 세상을 온기 있게 껴안는다. 유한한 존재로서 회피할 수 없는 인간의 운명을 긍정하고 "꽃대궐"로 바꾼 것이다. 슬프고 안타까운 세계를 꽃의 세계로 승화시킨 것은 실로 위대한 인식이다. 운명에 복종한 것이 아니라 사랑으로써 극복한 것이다. 그리하여 화자는 꽃의 생명력을 노래한다.

3

집 밖에서 하루 자고 들어온 사이
베란다에 동백꽃이 한 송이 피어 있었다

봉오리도 못 본 것 같은데
얼마나 볼록해졌나 언제쯤 꽃이 피려나
맏딸의 산달을 기다리는 친정엄마처럼 살필 새도 없이
불빛마저 없는 텅 빈 집에서 꽃을 피워낸 것이다

힘에 겨워 진땀을 흘렸을 텐데
입덧 때문에 때로는 몸이 으슬으슬하기도 했을 텐데
　　　　　　　　　　　　　　—「동백 몸을 풀다」 전문

"꽃"은 본질적으로 생식기관이다. 꽃망울이 자라나 피어났다가 지면서 씨나 열매를 맺으면서 번식 기능을 수행하는 것이다. 그리하여 꽃은 암술, 수술, 꽃잎, 꽃받침을 갖추고 화려한 색깔을 띠거나 향기를 낸다. 벌이나 나비나 새들을 유인해 꽃가루받이를 하는 것이다.

이와 같은 면으로 볼 때 "동백꽃"이 "몸을" 푸는 것은 수식에 불과한 것이 아니라 과학적으로도 타당한 사실이다. 따라서 화자에게 "동백꽃"은 단순히 식물의 한 종류가 아니라 생명체를 잉태하는 존재이다. 아름다움의 상징체를 넘어 생명체를 낳는 강한 여성인 것이다.

화자는 "집 밖에서 하루 자고 들어온 사이/베란다에 동백꽃이 한 송이 피어 있"는 것을 발견하고 적지 않게 놀란다. 그리고 모성 인식으로 그 꽃을 바라본다. "맏딸의 산달을 기다리는 친정 엄마처럼 살필 새도 없이/불빛마저 없는 텅 빈 집에서 꽃을 피워낸" "동백꽃"을 안쓰러워하면서도 대견해하는 것이다. 그리고 "힘에 겨워 진땀을 흘렸을 텐데/입덧 때문에 때로는 몸이 으슬으슬하기도 했을 텐데"라고 제대로 돌보아주지 못한 자신을 책망하면서 "동백꽃"에게 미안함을 전한다. 같은 운명을 타고난 여성으로서 함께하는 것이다.

잎이 성하면 꽃이 부실한 법이라기에 전정가위를 들었다

어느 틈에 임신한 걸까, 콩알만 한 봉오리를 잔뜩 달고 있
었다

입덧에 시달리며 열 달을 견뎌야 하는 얼굴

나는 열매도 달지 못하는 동백의 도장지(徒長枝)마저 자를
수 없었다

— 「얼굴」 전문

작품의 화자는 "잎이 성하면 꽃이 부실한 법이라기에 전정가
위를 들었다"가 멈춘다. 다름 아니라 "동백"이 "어느 틈에 임신"
했기 때문이다. 화자는 "동백"의 "임신"에 놀라움을 가지면서
동시에 기쁨을 갖는다. 그리하여 "입덧에 시달리며 열 달을 견
뎌야 하는 얼굴"을 숭고하게 바라본다. 나아가 "열매도 달지 못
하는 동백의 도장지마저 자"르지 않는다. "도장지(徒長枝)"의 사
전 개념은 숨은눈으로 있다가 나무가 잘 자라지 않을 때에 터서
뻗어나가는 가지이다. 그 가지는 연약해 열매를 맺지 못한다.
그리하여 일반적으로 잘라버리는데, 화자는 "도장지"가 열매를
맺지 못한다고 할지라도 임신할 수 있는 몸이기에 소중하게 품
는 것이다.

새로운 생명체를 낳는 "꽃"의 "임신"은 신성하고 위대하다.
그 과정은 이루 말할 수 없이 힘들지만, 화자는 같은 여성으로

서 그 위대함에 전적으로 동참한다. 그리하여 종족 보존의 차원
을 넘어 삶을 함께 영위하는 것이다.

도란거리는 소리에 잠을 깼더니
밤새 일곱 난쟁이들이
새 식구로 들어왔다

빨간 입술을 달싹이며
노란 목젖이 보이도록 낄낄대고
마냥 신바람이 났다

내가 물만밥을 깨작깨작하면
계란을 부치고 김치를 꺼내 잡수시라고
아양을 떤다

종종걸음 치다 숨을 돌리면
밤톨만 한 손으로 부채질을 해주며
어깨를 주무른다

개키던 빨래를 밀어놓고 등걸잠을 자면
살그머니 무릎담요까지 덮어준다

—「동백꽃」 전문

　"일곱 난쟁이들"은 세계적으로 알려진 동화 『백설공주』에서
인유한 인물들이다. 동화 속에서 난쟁이들은 새어머니에게 구
박받고 쫓겨난 백설공주를 구해준다. 백설공주는 아름답고 마

음씨가 고와 사람들로부터 사랑을 받으며 자라나지만 허영심과 욕심이 많은 새 왕비에 의해 혹독한 시달림을 받는다. 새 왕비는 매일 아침 자신의 마술 거울을 보고 이 세상에서 가장 아름다운 사람이 누구냐고 물으면 여왕님이라는 답변을 듣는다. 그런데 어느 날 뜻밖에 백설공주라는 대답을 듣게 된다. 그리하여 질투심에 휩싸인 새 왕비는 백설공주를 죽이라고 사냥꾼에게 명령을 내린다. 사냥꾼은 백설공주의 순수한 마음에 감동해 차마 죽이지 못하고 풀어주는데, 일곱 난쟁이들의 도움으로 살아난다. 새 왕비는 그 뒤에도 여러 차례 백설공주를 죽이려고 시도해 마침내 독이 든 사과를 먹이지만, 일곱 난쟁이들에 의해 또다시 살아난다. 이처럼 백설공주의 생애에서 일곱 난쟁이들은 절대적인 수호신이다.

위의 작품의 화자 역시 "일곱 난쟁이들"의 도움을 받고 있다. 화자는 "일곱 난쟁이들"이 "빨간 입술을 달싹이며/노란 목젖이 보이도록 낄낄대고/마냥 신바람"을 내는 분위기 덕분에 즐겁게 지낸다. 뿐만 아니라 "일곱 난쟁이들"의 지극한 보살핌도 받는다. 화자가 "물만밥을 깨작깨작하면/계란을 부치고 김치를 꺼내 잡수시라고/아양을" 떨고, "종종걸음 치다 숨을 돌리면/밤톨만 한 손으로 부채질을 해주며/어깨를 주"물러준다. 그리고 "개키던 빨래를 밀어놓고 등걸잠을 자면/살그머니 무릎담요까지 덮어준다".

이와 같이 "동백꽃"은 화자와 함께 살아가는 가족이다. 백설공주를 지켜준 일곱 난쟁이들처럼 화자를 보살펴주면서 공동체의 삶을 영위하는 것이다. 그리하여 화자는 "동백꽃"을 생의 반려로 맞아들인다. 결국 '꽃'의 세계를 이상향으로 삼고 손을 잡고 함께하는 것이다.

4

이팝나무는 파란 대접에 쌀국수 사리사리 담고
함박꽃은 수제비로 구색을 맞춘다
조팝나무는 한소끔 끓여 몽글몽글한 순두부찌개를 올리고
산딸나무는 가래떡을 엽전처럼 납작납작 썰어 떡국을 내
놓는다
아가위나무는 보풀보풀 버무려 백설기를 쪄내고
돌배나무는 화전 지지느라 땀 닦을 겨를이 없다
때죽나무는 이가 부실한 어르신들 끼니로 흰죽을 쑤고
백당나무는 손맛 자랑하느라 조물조물 나물을 무친다
토끼풀은 부지런히 아기 주먹밥을 만들고
아까시나무는 운조루 뒤주처럼 튀밥자루 끈을 풀어놓는다
하얀 민들레는 냉이꽃 남산제비꽃 산딸기꽃과 어우렁더
우렁 꽃비빔밥을 만든다
마가목은 송이송이 뭉쳐 밑반찬거리 부각을 튀기고
층층나무는 산길 오르느라 헛헛해진 이들에게 주먹밥 한
덩이씩 인심을 쓴다
—「소만(小滿) 즈음」 전문

입하와 망종 사이에 들어 여름의 기분이 나기 시작하는 절기

인 "소만(小滿)" 즈음의 꽃들은 이를 데 없이 풍부하다. "이팝나무는 파란 대접에 쌀국수 사리사리 담고/함박꽃은 수제비로 구색을 맞춘다". "조팝나무는 한소끔 끓여 몽글몽글한 순두부찌개를 올리고/산딸나무는 가래떡을 엽전처럼 납작납작 썰어 떡국을 내놓는다". 뿐만 아니라 "아가위나무는 보풀보풀 버무려 백설기를 쪄내고/돌배나무는 화전"을 지진다. "백당나무는 손맛 자랑하느라 조물조물 나물을 무"치고, "토끼풀은 부지런히 아기 주먹밥을 만들고/아까시나무는 운조루 뒤주처럼 튀밥자루 끈을 풀어놓는다". 그리고 "하얀 민들레는 냉이꽃 남산제비꽃 산딸기꽃과 어우렁더우렁 꽃비빔밥을 만"들고, "마가목은 송이송이 뭉쳐 밑반찬거리 부각을 튀"긴다.

이와 같이 꽃들이 피어 있는 세계는 아름다울 뿐만 아니라 풍요롭다. 또한 "때죽나무"가 "이가 부실한 어르신들 끼니로 흰죽을 쑤고", "층층나무"가 "산길 오르느라 헛헛해진 이들에게 주먹밥 한 덩이씩 인심을" 쓰는 데서 볼 수 있듯이 서로서로 나눈다. 공동체 사회를 추구하고 있는 것이다. 그리하여 화자는 풍요롭고 서로 간에 배려하고 나눔이 이루어지는 꽃들의 세계로 즐겁게 들어간다.

대문을 열면 아담한 꽃밭에서 채송화 글라디올러스 아마릴리스 달리아 금잔화 깨꽃 봉숭아 백일홍 붓꽃 맨드라미 분꽃 한련 홍초 들이 제각각의 색으로 피고 진다 밖에서 보이지 않는 대문 앞 담장 바로 아래선 빨강 하양 양귀비꽃이

하늘하늘 춤판을 벌이기도 한다

마당 한복판까지 내리뻗은 바위에 잔돌을 쌓아 꾸민 장독대가 있는데 돌 틈은 꼬리 두 개를 가진 하얀 바위취꽃 차지다 장독대에서 집 윗길에 올라앉은 담장은 줄장미 붉은 꽃이 온통 뒤덮었다 저도 질세라 기세 좋게 덩굴을 뻗어나가는 남보라색 나팔꽃은 위풍당당 기상나팔을 불려고 새벽부터 부지런을 떤다 한켠엔 노란 여주 꽃이 수줍게 웃다가 살랑대는 바람에 오톨도톨한 주황색 열매를 대롱거리기도 한다 그 옆으로 기어가듯 퍼져 있는 돌나물 노란 꽃도 방긋거린다

마루 아래 봉당엔 화분이 크기대로 줄서 있다 밤송이선인장 손바닥선인장 공작선인장 손가락선인장이 인심 쓰듯 꽃을 보여주고 꽃기린 양아욱과 석류는 붉은 꽃을 뽐내고 조신하게 하얀 꽃을 피우는 실란은 쭈뼛거리며 연분홍 꽃을 내놓는 개상사화와 단짝처럼 다정하다

부엌 부뚜막은 조왕신 같은 움파가 늘 지키고 있다

— 「마당 깊은 꽃집」 전문

"대문을 열면 아담한 꽃밭에서 채송화 글라디올러스 아마릴리스 달리아 금잔화 깨꽃 봉숭아 백일홍 붓꽃 맨드라미 분꽃 한련 홍초 들이 제각각의 색으로 피고" 지는 모습이 보인다. "밖에서 보이지 않는 대문 앞 담장 바로 아래선 빨강 하양 양귀비 꽃이 하늘하늘 춤판을 벌이"고, "하얀 바위취꽃"을 비롯해 "줄장미 붉은 꽃" "남보라색 나팔꽃" "노란 여주 꽃" "돌나물 노란 꽃"도 집안을 차지하고 있다. "밤송이선인장"을 위시한 선인장

이며 "꽃기린" "양아욱" "석류" "실란" "개상사화"도 꽃을 마음껏 피우고 있다.

화자는 "마당 깊은 꽃집" 같은 세계를 이상향으로 삼고 있다. 그곳의 "꽃"들은 "제각각의 색"을 가질 정도로 독립성을 갖고 있다. 또한 제자리를 "차지"하고 "위풍당당"하고 "춤판을 벌이"고 길을 "온통 뒤덮"을 만큼 당당하다. 그러면서도 "수줍게 웃"고 "방긋거"릴 정도로 겸손하고, "인심 쓰"고 "다정하"듯이 서로 함께한다. 그리하여 화자는 아름답고 풍요로우면서도 독립적이고 당당하고 평화롭고 인정이 넘치는 꽃들을 끌어안는다.

화자의 이와 같은 모습은 데메테르가 자신의 외동딸인 페르세포네를 사랑하는 것과 같다. 데메테르는 지하 세계로부터 돌아왔지만 다시 돌아가야 하는 운명을 안고 있는 페르세포네이기에 더욱 사랑한다. 영원할 수 없는 딸이기에 그녀의 두려움과 슬픔마저 포용하는 것이다. 화자가 "꽃"을 끌어안는 것도 마찬가지이다. "꽃" 역시 영원할 수 없는 운명이기에 화자는 온몸으로 품는다. 자신 역시 영원할 수 없기에 "꽃"을 영원히 사랑하는 것이다. 화자의 이와 같은 사랑은 죽음을 모르는 데메테르의 사랑에 비해 인간적인 것이기에 아름답고도 위대하다.

孟文在 | 문학평론가 · 안양대 교수

푸른사상 시선 61
마당 깊은 꽃집